*Hawaii*

첨벙, 하와이!

첨벙, 하와이!
태평양 낙원의 섬을 가장 실감 나게 느껴 보기

초 판 1쇄 2024년 07월 04일

지은이 임성득
펴낸이 류종렬

펴낸곳 미다스북스
본부장 임종익
편집장 이다경, 김가영
디자인 윤가희, 임인영
책임진행 이예나, 김요섭, 안채원

등록 2001년 3월 21일 제2001-000040호
주소 서울시 마포구 양화로 133 서교타워 711호
전화 02) 322-7802~3
팩스 02) 6007-1845
블로그 http://blog.naver.com/midasbooks
전자주소 midasbooks@hanmail.net
페이스북 https://www.facebook.com/midasbooks425
인스타그램 https://www.instagram.com/midasbooks

ⓒ 임성득, 미다스북스 2024, *Printed in Korea*.

ISBN 979-11-6910-710-5  03810

값 19,500원

미다스북스는 다음세대에게 필요한 지혜와 교양을 생각합니다.

태평양 낙원의 섬을 가장 실감 나게 느껴 보기

# 첨벙, 하와이!

임성득 지음

*Hawaii*

미다스북스

# 뜻밖의 만남

"임상(林さん), 이번 휴일에 하와이에 같이 갈래요?"

오사카 교육대학교에서 외국인 유학생들을 위해 봉사 활동(그들은 봉사자를 '보란치아'라고 부른다.)을 하는 와지마 상이 물었다. 서른다섯 살, 사실은 결혼도 했고 딸들도 둘이 있는 처지에, 일본 문부성(우리나라 교육부에 해당된다.) 초청으로 일본에 연수를 온 것이다. 그 당시만 해도 하와이에 가려면 비자가 필요했고 유학생 신분이니 당연히 외국에 나갈 돈이 없는 상태였다. 여러 가지 이유로 안 될 것 같다고 했더니 비행기 대금(30년 전이지만 32만 원 정도였다.)만 내면 된다고 하시고 비자는 문부성 초청으로 일본에 왔으니 자기가 고베 영사관에 가서 보증을 서면 된다고 하셨다.

3박 4일로 휴일에 하와이에 간다고 했더니 기숙사에 있는 외국 친구들이 무척 부러워하며 부자인 임상은 다르다고 했다. 길게 부연 설명을 해야 했지만 어쨌든 마음은 들떴다. 신혼여행으로 많이 간다는 하와이, 그곳에 간다고 하니 꿈을 꾸는 것 같았다.

　실제로 도착한 하와이는 단숨에 내 영혼을 흔들었다. 파란 하늘과 흰 구름을 배경으로 길가에 우뚝 솟아 있는 야자수, 차도만큼 넓은 인도, 낮에도 횃불을 밝혀 놓은 길, 그 길 양옆으로 늘어선 외국 유명 브랜드의 가게들은 눈을 휘둥그렇게 만들었다.

　수영과 선텐을 즐기는 사람들로 북적이는 와이키키 해변, 어마어마한 크기를 자랑하는 그 당시 세계에서 제일 큰 쇼핑몰이었던 '알라모아나 쇼핑 센터'는 대만과 일본만을 가 본 애송이에게는 신세계나 다름없었다. 어른이 되면 꼭 다시 오리라 다짐하며 간단하게 패키지여행(하루 자유 여행 일정)을 경험했었다.


　그 후 20년이 지난 후, 55세가 되어 내 힘으로 하와이에 가게 되었다. 영어 회화는 아주 간단한 의사 표현만을 할 수 있는 상태였다. 페이스북 친구인 존슨 씨가 공항으로 마중을 나와 주고 다음 하루는 여행을 같이 해 줄 수 있다고 해서 용기를 낸 것이다.

　그렇게 좌충우돌 시작되어 하와이를 세 번 더 다녀오게 되었다. 겁이 많아서 렌트카도 하지 못하고 끙끙대면서 돌아다녔고, 아직도 못 가 본 곳이 조금 있지만, 트레킹도 하고 버스로 곳곳을 찾아다니며 구경하는 만족감은 대단했다.

하와이는 치안도 나름 괜찮고 렌터카로 돌아보기에도 위험이 별로 없으며 뚜벅이나 버스로도 여행이 가능한 곳이다. 부족한 이 책이 아직 하와이에 가 본 적이 없는 분들이나, 짧은 일정으로 아쉬움을 가지고 있는 분들에게 하와이로 떠나는 촉진제가 되었으면 한다.

# 하와이의 섬들을 소개합니다.

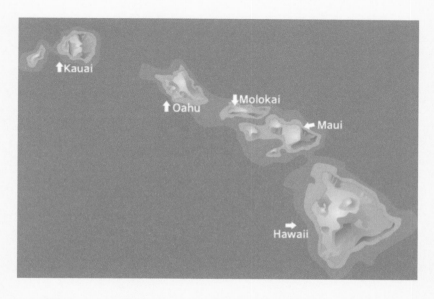

1. **니이하우**Ni'ihau, The Forbbiden Island (카우아이 왼쪽에 있는 섬) 금지된 섬

2. **카우아이**Kauai, The Garden Island 정원의 섬

3. **오아후**Oahu, The Gathering Place 만남의 섬

4. **몰로카이**Molokai, The Friendly Island 친절의 섬

5. **라나이**Lanai Island, The Pineapple Island (몰로카이 바로 아래 작은 섬) 파인애플 섬

6. **카호울라웨**Kahoolawe Island, The Target Island (라나이 아래 작은 섬) 표적의 섬

7. **마우이**Maui, The Valley Island 계곡의 섬

8. **아일랜드 오브 하와이**Island of Hawaii, The Big Island 빅 아일랜드

## 카우아이

하와이 섬들 가운데 가장 먼저 탄생한 곳이다. 정원의 섬. 어디를 가든지 꽃과 나무가 보이고 푸르름을 보여 준다. 하와이의 대표적인 네 개의 섬 중 가장 깨끗한 느낌이 든다.

## 오아후

하와이 제도의 심장. 섬 중에서 가장 많은 인구가 모여 사는, 하와이 관광의 중심을 이루는 섬이다. 사람들이 하와이에 갔다 왔다고 하면 대부분 오아후에 다녀왔다는 뜻으로 보면 된다. 숙소, 식당, 쇼핑몰이 잘 갖춰져 있다. 가장 번화하고 북적이는 섬이지만 호놀룰루 시내를 조금만 벗어나면 금세 한적한 해변들과 자연을 만날 수 있다.

## 마우이

'계곡의 섬'이라고 불리는 마우이는 오아후에 버금가는 인기를 얻고 있다. 아무래도 대형 공항(호놀룰루 국제공항)과 유명 호텔이 많은 오아후보다는 더 조용하고 아늑한 휴양지임은 틀림없다. 분화구로 유명한 할레아칼라 국립공원의 웅장함은 물론이고 작은 타운과 해산물 레스토랑으로 행복함을 누릴 수 있다. 근처에 몰로카이와 라나이가 있다.

## 하와이

하와이주를 가리키는 말과 헷갈릴 수 있어서인지 현지 사람들은 '하와이섬'이라고 부르지 않고 '빅 아일랜드'라고 부른다. 하와이 제도의 다른 모든 섬을 합쳐도 빅 아일랜드 면적보다 작다. 용암이 꿈틀대는 활화산 섬이지만 다양한 아름다움이 넘치는 곳이다. 끝 모를 도로를 달리며 바라보는 검은 현무암 대지와 푸른 바다와 어울리는 산들은 가슴을 탁 트이게 한다.

# 목차

## Part 01 ——

## 가장 번화하고 다채로운
## 오아후 느껴 보기

*Part 02* ————

# 하와이의 수도,
# 호놀룰루 느껴 보기

# Part 03 ─────

## 호놀룰루의 비치와 개성이 톡톡 튀는
## 외곽 지역 느껴 보기

# Part 04 ─────

## 하와이 속의 유럽, 최고의 신혼여행지
## 마우이 느껴 보기

Part 01

가장 번화하고
다채로운
오아후 느껴보기

# 1. 라니아케아 비치 Laniakea Beach

  노스쇼어 지역은 거북이들의 서식지로 알려져 있는데, '거북이 비치'로 알려진 이곳에서는 거의 빠짐없이 거북이를 볼 수 있다. 햇볕이 따뜻한 오후 시간에 거북이들이 낮잠을 자려고 모래사장으로 나온다. 푸른 바다거북은 멸종 위기 동물이어서, 야생 동물 법으로 보호받고 있는데 일정한 거리 가까이에 가서 사진을 찍는 것은 가능하지만 만지거나 먹이를 주는 것은 금지다. 곁에 가서 인증샷을 찍고 싶었지만, 꾹 참았다. 어른들은 가만히 보고 있고 아이가 거북이 곁에 서면 부모가 사진을 찍어 주고 있었다.

## 2. 할레이바 비치 Haleiwa Beach

관광객들이 해수욕을 하기 위
해 이곳까지 오지는 않아서 비교
적 한적한 곳이다. 현지인들 몇몇
이 수영을 즐기고 있고, 해변에는
긴 카누들이 놓여 있다. 해수욕장
끝에 있는 다리 근처에는 해수욕
보다 패들을 즐기는 사람들이 훨
씬 많다. 파도가 없는 잔잔한 수
면이라 가능한 것 같다. 패들 위에
개를 올리고 함께 타는 사람들도
있다.

# 3. 할레이바 올드 타운 Haleiwa Old Town

　북쪽 해안 지역에 있는 번화한 마을이다. 하와이의 옛 모습을 간직하고 있고 빈티지 스타일의 건물들이 독특한 분위기를 자아낸다. 파도의 높이가 올라가는 11월에서 1월까지 이 마을은 사람들로 북적인다. 세계적인 서핑 대회가 열리기 때문이다. 서퍼 용품, 갤러리, 새우 판매 트럭, 햄버거나 쉐이브(Shave) 아이스를 파는 가게들이 많아서 지루할 틈이 없다. 쉐이브로 유명한 가게(Matsumoto Shave Ice)에 줄을 서서 기다리다가 쉐이브를 먹어 보았다. 레인보우 콤비네이션을 골랐는데 연유, 떡(모찌), 팥 등이 들어 있었고 품격이 느껴지는 맛이어서 입꼬리가 올라갔다. 다른 분들이 연유를 추가하길래 따라서 추가 주문을 했다. 목 넘김이 시원해서 좋았다.

# 4. 할레이바 부두 Haleiwa Pier

할레이바 비치 파크와 라니아케아 비치 사이에 부두가 있다. 고래를 관찰하기 위한 유람선과 멋진 요트들이 정박해 있어 멋진 경관을 이룬다. 농장에 가지 않고서는 쉽게 볼 수 없는 노니나무를 부두를 걷다가 발견했다. 노랗게 익은 것도 있고, 아직 덜 익은 연두색의 열매도 있었다. 귀한 식물을 볼 수 있어서 어깨가 으쓱 올라갔다. 부두를 빙 돌다가 배가 고파졌는데 식당이 없을까 걱정이 됐다. 그러나 곧 안도의 숨을 쉬었다. 다리를 지난 오른쪽에 레스토랑이 있었다. 메뉴는? 신경 쓸 필요도 없는 돈가스를 시켰는데 바삭한 맛이 그만이었다. 식당이 금방 나타난 것도 고마운데 맛도 좋은 식당이라니!

요트들이 야자수와 어울려 멋진 경관을 보여 준다. 가운데 낮은 지붕이 레스토랑이다.

## 5. 선셋 비치 Sunset Beach

　노스쇼어의 선셋 비치는 여러 모습으로 매력을 뽐내는 곳이다. 이름 그대로 오아후의 멋진 노을을 볼 수 있고 봄과 여름에는 해수욕을 즐길 수 있는 해변이 되지만, 가을과 겨울에는 6~10m 정도의 파도가 쳐서 서퍼들의 천국이 된다. 햇볕의 양과 방향에 따라, 짙푸른 녹색을 보여 주기도 하고 딥 블루를 보여 주기도 한다. 하와이에서 본 바다 중 가장 진한 블루였다.

선셋 비치로 가는
도중에 만난
유명한 새우요리점이다.

# 6. 다이아몬드 헤드 트레킹 Diamond Head Trekking

'다이아몬드 헤드 주립 유적지(Diamond Head State Monument) 트레킹'을 줄여서 말한 것이다. 거대한 화산 분화구의 일부를 걸어 보는 코스이다. 분위기는 제주의 오름을 오르는 것과 비슷하나 경사가 급하고 규모가 훨씬 더 커서 힘이 더 든다. 원주민들은 참치의 등지느러미를 닮은 능선이라는 뜻으로 'Le'ahi (참치 이마)'라 불렀고 19세기에 이곳에 온 영국 군인들은 멀리서 반짝이는 봉우리가 다이아몬드를 닮았다고 '다이아몬드 헤드'라고 불렀다.

정상까지는 편도 1.3km, 트레킹 시간은 2시간 정도가 걸린다. 정비가 잘된 산책로를 따라 걸으면 마지막에 좁은 터널을 지나고 군용 벙커로 된 정상에 이르게 된다. 왼쪽으로 바다와 와이키키, 호놀룰루 시내, 그뒤로 병풍처럼 둘러선 산맥들을 파노라마로 보게 된다.

분화구인 다이아몬드 헤드의 높이는 230m, 둘레(지름)는 약 1km가된다. 예전에는 예약 없이도 오를 수 있었으나 지금은 예약이 필수가 되었다. 홈페이지에 필요한 정보를 입력하고 예약 확인증이나 예약 확인 QR 코드를 제시해야 한다.

터널을 통과하고 거대한 분화구 안으로 들어오면 본격적인 트레킹 입구인 비지터 센터가 나온다.

전망대에 오르면 가운데에 지나왔던 벙커가 보이고 바다와 함께하는 시내 풍경도 보인다.

다이아몬드 헤드에 오르면 거대한 분화구를 분명하게 확인할 수 있다.

## 7. 마노아 폭포 트레킹 Manoa Falls Hike

하와이 대자연의 아름다움을 느낄 수 있는 하이킹 코스인데, 오아후의 다른 트레킹 코스에 비해 제일 편하게 걸을 수 있는 코스다. 마노아 폭포를 향해 오르는 산책로에서 정글의 묘미를 느껴 볼 수 있고 다양한 열대 식물도 볼 수 있다. <쥬라기 공원> 등 많은 영화를 촬영한 곳인데, 안개 자욱한 녹색 정글 사진을 보면 촬영지로서 인기가 높은 이유를 알 수 있다. 폭포 자체는 별로 감동이 없었다. 좁은 곳에 많은 관광객이 몰려서 사진 찍기도 어렵다. 하지만 폭포까지 오는 길의 정글만으로도 와 볼 가치가 있다고 생각한다.

# 8. 코코헤드 트레킹 Koko Crater Railway Trail Head

'코코 크레이터 레일웨이 트레일 헤드'란 정식 이름을 줄여서 말한 트레킹 코스다. 와이키키에서 하나우마 베이로 가다 보면 왼편으로 산의 경사면에 있는 레일을 볼 수 있다. 과거 전쟁 군수물자를 나르던 철로를 산에 설치했는데 그 경사면을 따라 등산할 수 있도록 한 코스이다. 왕복 2.6km의 거리지만 경사가 급하다. 나무로 된 철목도 부서진 부분과 지표면과 제법 차이가 나는 부분도 있어(철목이 일정 부분 땅 위에 떠 있는 상태다.) 상당한 주의가 필요하다. 하지만 정상에 오르면 하나우마 베이와 반대편에 있는 분화구, 넓은 바다, 동쪽의 드라이브 도로 등이 보여 경관은 압권이다. 하와이 산에는 전쟁 시에 사용했던 벙커들이 많이 있다. 벙커들을 부수지 않고 그래피티(Graffiti, 페인트 낙서)로 표현한 것과 벙커 위에 올라가서 사진을 찍는 등 재미있는 활동들을 보는 것도 신기했다.

이 지역은 부자일수록 높은 곳에 산다.
도로에서 부자들이 사는 마을로 올라가려면 출입 허가를 받아야 하는 곳도 있다.

## 9. 마카푸우 트레킹 Makapu'u Point Trekking

　주차장에서 왕복 1시간 정도로 다녀올 수 있는 트레킹 코스가 유명하다. 오아후를 지키는 빨간 등대가 내려다보이고 씨 라이프 파크, 마카푸우 비치, 토끼섬과 거북섬도 멀리 조망된다. 짙푸른 바다를 바라보는 빨간 등대가 강렬한 느낌을 준다. 건너편 산에서 패러글라이딩으로 마카푸우 포인트와 바다 위를 두둥실 날아다니는 모습도 볼 수 있다. 다만,

등대로의 접근은 금지하고 있어 약간 아쉽다. 시작 지점에서 아스팔트 길로 가지 않고 아래로 내려가는 트레킹 코스(비포장 도로)도 보이는데 불의 여신이 쉬었다는 곳, 펠레스 체어(Pele's Chair) 바위와 바다로 가는 트레킹 코스다. 다음에 하와이에 온다면 꼭 가겠다고 마음속 수첩에 적어 두었다.

비포장도로로 진입하면 펠레스 체어와 바다로 가는 또 다른 트레킹이 나타난다.

앞쪽에 보이는 큰 섬이 토끼섬이고
작은 섬이 거북섬이라 불린다.

절벽 아래로 빨간 지붕이 있는 마카푸우 등대가 보인다.

씨 라이프 파크 앞에 자리한 마카푸우 해수욕장은 와이키키보다는 확실히 조용하다.

# 10. 핑크 필박스 트레킹 Pu'u O Hulu Trail Head

정식 이름은 '푸우오 홀루 트레일 헤드(Pu'u O Hulu Trail Head)'인데인데 웨스트 사이드 필박스, 메일리 필박스, 핑크 필박스 등 다른 이름으로 더 많이 불리고 있다. 오아후의 서쪽에 있고, 산 위에 핑크색 벙커가 있다고 편하게 부르는 듯하다. '필박스'는 군사 시설인 벙커를 알약통에 빗대어 표현한 것이다. 다른 트레일과 다르게 호놀룰루 시내로부터 많이 떨어져 있고 관광지가 아니어서 호젓하게 즐길 수 있는 트레킹 코스다. 벙커 위에 올라가서 두 팔을 벌리고 바닷바람을 맞으며 멋진 인증샷을 남기기를 바란다.

핑크 필박스, 근육질의 사나이, 푸른 하늘과 구름, 산등성이가 만들어 내는 멋진 광경!

다양한 모양과 색깔의 벙커 안에 들어갔다가
다시 벙커 위로 올라 보는 재미가 쏠쏠하다.

## Part 02

하와이의 수도,
호놀룰루
느껴 보기

# 1. 호놀룰루 동물원 Honolulu Zoo

강렬한 보라색의 부겐베리아와 홍학, 야자수가 어우러진 풍경은 압권이다.

꽃과 나무가 많은 동물원은 다른 동물원에 비해 냄새가 거의 나지 않고 즐겁게 산책할 수 있어서 깜짝 놀랐다. 기린, 얼룩말, 사자, 사슴 등이 잠을 자는 모습이 아니라 넓은 공간에서 천천히 움직이는 모습을 볼 수 있어 좋다. 울타리가 낮아 동물을 비교적 가까이 볼 수 있다는 점도 좋다. 동물원을 싫어하는 사람들도 이 동물원만큼은 꼭 방문하기를 바란다.

64

열대 지역의 대표 식물,
반얀트리가 난초 뒤에서
위용을 뽐내고 있다.

## 2. 와이키키 비치 워크 Wikiki Beach Walk

화려한 장식 예술을 보여 주는 거대 쇼핑몰,
크리스마스 장식이 예쁜 인터내셔널 마켓 플레이스.

최대 번화가인 칼라카우아를 조금만 걷다 보면 만나게 되는 거리이
다. 칼라카우아 거리의 명품 매장들과는 달리 하와이 분위기가 물씬 풍
기는 가게들, 갤러리, 기념품점 등이 늘어서 있어서 산책하기에 좋은 곳
이다. 야자수 아래 잔디가 깔린 곳에는 훌라 공연도 볼 수 있다.

힐튼 호텔도, 인터내셔널 마켓 플레이스도
거대한 반얀트리를 잘 살려 바와 광장을 만들었다.

## 3. 이올라니 궁전 Iolani Palace

 

7대 왕 칼라카우아에 의해 세워진 궁전이다. 미국의 유일한 궁전으로 마지막 왕인 릴리우오칼라니(Liliʻuokalani) 여왕이 퇴위할 때까지 거주했던 곳이다. 1층은 공식 행사가 있었던 곳이고 2층은 왕족의 사생활 공간이었다. 당시로서는 최첨단의 기술로 온수 시설과 수세식 화장실도 완비했다. 여왕이 퇴위 종용을 받아 감금되었던 방과 침대를 보니 <알로하오에(여왕이 작사 작곡한 노래)>에 담긴 여왕의 마음(100여 년 하와이 왕국의 몰락을 슬퍼함)을 느낄 수 있었다. '알로하오에~ 알로하오에~.' 계속 애잔한 멜로디가 떠올라 눈물을 찔끔 흘렸다.

하와이의 통일을 위한 세력에 권력을 물려줘야 했던 왕비의 흔적이 궁전에 많이 남아 있다.

큰 규모는 아니지만 2층으로 올라가는 계단과 가구들은 고상한 품격을 풍기고 있었다.

# 4. 카메하메하 동상 King Kamehameha Statue, 대법원과 박물관

카메하메하 1세는 하와이를 통일한 왕이다. 그의 탄생일(카메하메하 데이)은 하와이의 공휴일인데, 하와이 사람들은 동상을 레이 꽃목걸이로 꾸미고 자신들도 전통 복장으로 퍼레이드를 한다. 동상의 모양은 카메하메하 자신이 이룩한 평화와 질서를 받아들이라는 뜻으로 오른손을 앞으로 뻗고 있는 모습이다.

뒤에 있는 건물은 주 대법원과 박물관(Kamehamea V Judiciary Historic Capital)이다. 100여 년 전 하와이의 법정과 옛 하와이와 관계된 전시물을 볼 수 있다.

검은 피부에 금색 가운을 걸치고 오른손을 들어 올린 왕의 모습에 위엄을 느낀다.

옛날 하와이의 법정과 그 당시 중요한 물건들을 간략하게 보여 주는 박물관 내부이다.

## 5. 호놀룰루 헤일 Honolulu Hale

현 호놀룰루 시청과 시의회가 있는 건물이다. 하와이 언어로 'Hale'은 집, 빌딩이라는 뜻이다. 시청 앞에는 시원한 분수대와 9.11을 추모하기 위해 마련된 꺼지지 않는 불꽃이 있다. 청사 건물 바로 앞 입구에는 1차 세계 대전에서 전사한 군인을 추모하는 종이 있다. 1층 로비에서는 각 종 이벤트(성탄 트리 장식, 각종 전시회 등)가 열린다. 건물 안에 시의회, 시장실 등이 있다.

그냥 City Hall이라고 하지 않고 Hale이라는 말을 사용하는 것이 특이하다.

내부에는 커다란 종이 있으나 칠 수는 없고 천장 내부로 빛이 들어오는 구조가 특이했다.

# 6. 다문화 하와이

오랫동안 아시아(중국, 한국, 일본, 태국 등) 이민자들이 자리 잡으며 만들어진 도시이기에 여러 나라와 관계된 시설(한국학 연구원, 일본의 신사와 절, 차이나타운 등)들이 많고 다양한 음식 문화를 보여 주고 있다.

팔각 정자와 초록색과 푸른색이 섞인 기와가 멋진 한국학 연구원의 건물이 멋지다.

일본의 이즈모타이샤(出雲大社). 절이 아니고 신사이다.

이즈모타이샤의 붉은빛을 띤 고동색의 건물과 돌로 된 석등과 도리이.

누우아누 밥티스트 교회.

하와이 위나이티드
처치 오브 크라이스트.

# 7. 주청사 The State Capital

　높이가 상당한 건물이나 심플한 디자인과 바닥에 있는 물로 인하여 깔끔하다는 느낌을 준다. 건물을 받치는 여덟 개의 기둥은 하와이 제도의 주요한 여덟 개의 섬을 뜻한다. 건물 안쪽은 중앙 부분을 뻥 뚫어서 개방감(하늘이 보이고 바람도 통한다.)을 느낄 수 있다. 건물 앞에는 가운 차림으로 두 손을 모은 다미안(Damien) 신부의 동상이 있다. 16년 동안 전염병 환자 치료에 힘쓴 분이라고 한다. 건물 뒤편에는 하와이의 마지막 여왕이었던 릴리우오칼라니의 동상이 있다. 우리가 잘 아는 <알로하오에> 악보를 들고 서 있다.

전체적으로는 단순하나 건물 주위에 물을 채워 기둥이 더 강하게 보이는 주청사 건물.

마지막 여왕
릴리우오칼라니 동상.

전염병 환자 치료에 힘쓴
다미안 신부 동상.

## 8. 하와이 주립 도서관  Hawai'i State Library

하와이 곳곳의 주립 도서관 중에서 가장 규모가 크고 한국 도서가 많기로 유명하다. 정원 뜰에 있는 오션 모자이크와 어린이 열람실의 벽화가 멋지다.

도서관 앞 공원에 있는 거대한 몽키트리가 위용을 자랑한다.

# 9. 성당과 교회 찾아보기

세인트 앤드류 성당(The Cathedral of St. Andrew)은 카메하메하 4세가 건축한 하와이 최초의 성당이다. 유럽의 고딕 양식에 따라 지어졌다고 하는데 유럽의 성당과는 많이 다른 모양이다. 내부의 스테인드글라스가 제법 크고 화려하며 성당 앞에 물이 흐르는 구조물과 성인의 동상이 멋지다.

물이 담긴 가운데 부분에 성인의 동상이 있는 세인트 앤드류 성당.

카와이아하오 교회(Kawaiah'o Church)는 기독교로 개종했던 섭정 여왕 카와후마누(Ka'ahumanu)에 의해 지어진 하와이 최초의 교회다. 연분홍 산호 조각과 코울라우 산에서 가져온 목재로 지어졌다. 정문을 통과해 들어서면 오른쪽에 우나릴로(Lunalilo) 왕의 무덤이 있다. 그는 미혼으로 살면서 어려운 사람을 돕고, 주민들에게 유산을 남겼다. 일반 교회(사람들의 우상 숭배 경향을 없애기 위해, 성화나 동상 등으로 교회를 장식하지 않았다.)와는 달리, 이 교회 2층에는 역대 하와이 왕들과 가족들의 초상화가 걸려 있다.

무덤과 함께 있는 개신교 교회는 본 적이 없어서 신기했다.
묘지 앞에서 사진을 찍고 있는 일본인 신혼부부.

역대 왕들과
가족들의 초상화가
2층 벽에 걸려 있는
모습이 보인다.

교회 예배당 정면.

# 10. 미술관과 박물관 방문하기

관광객들이 하와이에 있는 멋진 미술관과 박물관을 빠뜨려서 안타까운데, 의외로 호놀룰루에는 멋진 미술관과 박물관이 있으니 꼭 가 보시라고 권한다. 호놀룰루 뮤지엄 오브 아트(Honolulu Museum of Art)는 하와이 최대의 미술관으로 아시아 여러 나라의 예술품은 물론, 중세, 르네상스, 20세기 작가들(모네, 고흐, 피카소 등)과 현재 작가들의 작품까지 다양하다. 하나의 입장권으로 별도로 언덕 위에 있는 스폴딩 하우스의 입장(당일에 한정)도 가능하다.

유럽의 미술관들에 비해 복잡하지 않고 작품들의 수준도 상당하여 많이 놀랐다. 성모상, 인상파, 야수파, 입체파의 그림들이 있어 놀랐지만 가장 놀랐던 것은 나무로 만든 '관세음보살'이었다. 실물 크기인데 여성의 모습이다. 게슴츠레한 눈초리, 벌리고 앉은 자세가 조금 거만하게도 보이고 야하기도 하다. 양쪽으로 땋은 머리도 특이했다. 온 세상을 내려다보는 지배자(관세음보살)이기에 이런 자세가 어울리기도 했다.

사각형 건물 안에 둘러싸인 정원은 파란 하늘을 더욱 푸르게 했고 쉼터의 장소로도 좋았다.

John Talbott Donoghue의 The Young Sophocles Leading the Chorus of Victory.

목상 관세음보살, 중국 북송 시대에 제작한 것이다.

목상 관세음보살.

고갱의 타히티 해변의 두 여인.

마티스의 흰색 튤립과 아네모네.

조르주브라크의 The Green Carpet.

부르델의 활을 쏘는 헤라클레스.

고흐의 낟가리가 있는 밀밭.

93

호놀룰루 뮤지엄 오브 아트 스폴딩 하우스(Spalding House)는 현지인들도 잘 모를 정도로 조용한 언덕에 자리 잡은 곳으로 현대 미술을 즐길 수 있다. 아담한 미술관에 비해 바깥에 넓게 마련된 잔디밭과 큰 나무들이 만들어 주는 그늘이 있어 쉼의 장소로도 좋다. 미술관 관람 후 뮤지엄 내 카페에서 간단한 식사를 할 수 있는 것도 너무 좋았다.

스폴딩 하우스 정문 입구.

거대한 나무와 조형물들이 묘한 어울림을 만들어 낸다.

현대 미술을 관람하고 내려오는 언덕길에서 호놀룰루 시내와 바다가 있는 뷰를 볼 수 있다.

주립 미술관(Hawaii State Art Museum)은 정문 앞에 잔디가 깔려
있고 작은 분수대가 있으며 왼쪽에는 키 큰 나무들이 있어 하얀색의 건
물과 멋진 조화를 이룬다. 1층 뒤뜰에는 조각 작품이 있고 2층에 미술관
이 있다. 하와이의 전통과 민속을 담은 지역 작가들의 특별한 작품들을
만나 볼 수 있어서 좋다.

정문 앞에 팔각형의 별 모양으로 생긴 분수대가 작지만 무척 예쁘다.

비숍 뮤지엄(Bishop Museum)은 하와이 최대의 박물관이다. 찰스 비숍이 하와이 최후의 왕녀이자 자신의 아내였던 파우아히 비숍(Pauahi Bishop) 공주를 추모하기 위해 지었다. 왕가의 물품들, 전통 공예품, 폴리네시아의 유물들이 전시되어 있고 사이언스 어드벤처 센터, 천문관 등 다른 건물들도 많다.

과거와 현재가 한꺼번에 어울려 있는 종합 박물관의 느낌이 강하다.

과학박물관처럼 화산 모형도 있고 클레이 애니메이션을 만드는 과정도 있어
어린이들과 같이 간다면 더욱 좋은 장소가 될 것이다.

## 11. 공원 둘러보기

　카피올라니 파크(Kapiolani Park)는 오아후에서 가장 큰 공원이면서 가장 오래된 공원이다. 와이키키 해변의 동쪽 끝에서 다이아몬드 헤드의 서쪽 기슭까지 모두 포함하고 있으니, 뉴욕의 센트럴파크보다 더 크지 않을까. 작은 운동장 크기의 반얀트리가 있고 산책로가 잘 정비되어 있다. 반얀트리는 가지가 길게 자라 땅으로 늘어지고 땅에 닿으면 뿌리로 변한다. 그런 방법으로 나무가 계속 커지는 것인데, 멋있기도 하지만 약간 으스스한 느낌도 든다. 이곳에는 특히, 비치 발리볼을 즐기는 사람들이 많다. 공원 안에 동물원과 아쿠아리움까지 있으니 이 공원을 놓치지 말자.

카피올라니 공원 부근에는 비치 발리볼을 즐기는 사람들이 매우 많다.

하와이 출신 수영선수로 근대 서핑의 창시자로 알려진 듀크 카하나모쿠 동상.

저녁노을을 받아 다이아몬드 헤드가 더욱 멋지게 보인다.

노을 지는 바다 위로 돛을 단 요트들이 둥둥 떠다니고 있다. What a wonderful world!

104

방파제가 있어 바다 쪽으로 더 나아갈 수가 있다.
오른쪽으로 다이아몬드 헤드가 보인다.

와히아와 보태니컬 가든(Wahiawa Botanical Garden)은 와이아네 (Waiane)와 쿠울라루(Koolau) 산맥 사이에 있는 센트럴 오아후 지역에 아담하게 자리 잡고 있다. 원래 이곳은 사탕수수 재배를 위한 실험 수목

원으로 시작했다. 줄기가 노란 대나무, 푸른색과 보라색을 섞어 놓은 듯한 꽃 등 특별한 식물들이 많고 원시림의 모습을 보여 준다. 거기다 무료로 돌아볼 수가 있다.

미술 시간,
원근감 공부를
할 때 봤던 유명한
명화와 매우 닮은
야자수가 있는 길.

가운데에 줄기가
온통 노란 대나무가
무리 지어 있다.

오른쪽부터 독특한 민트 색깔을 가진 스트롱길로돈 마크로보트리스, 유칼립투스, 바나나.

## 12. 차이나타운 China Town

온통 중국풍의 건물들이 아닌 것이
다른 나라, 다른 곳에 있는 차이나타운과
가장 구별되는 점이다.

　인천이나 요코하마에 있는 차이
나타운과는 분위기가 많이 달라
서 놀랐다. 이름은 차이나타운이
지만 아시아(한국, 베트남, 필리핀,
일본 등)에서 온 이민자들이 운영
하는 가게, 식당, 갤러리 등이 있고
건물도 붉은색 일색이 아닌, 좀 더
차분한 색깔이다.

## 13. 전망대 Lookout

호놀룰루에는 자연 전망대가 많은데 대표적인 전망대로는 '탄탈루스
언덕'과 '누우아누 팔리 전망대'이다. 탄탈루스 언덕은 하와이 최고의
야경을 자랑하는 곳이다. 아래로 낮게 위치한 호놀룰루와 다이아몬드
헤드, 펀치볼 국립 태평양 묘지 등 넓은 풍광이 조망된다. 조금 일찍 출

야경을 보려면 약간의 추위와 작은 위험도
감수하려는 용기가 필요하다.

발하면 일몰 광경도 함께 볼 수 있다. '연인들의 언덕'이란 애칭이 붙은
만큼 많은 커플이 느긋하게 앉아 지는 해를 바라보며 사랑을 키워 가는
모습을 볼 수 있다.

누우아누 팔리 전망대(Nu'uanu Pali Lookout)는 '바람산'이라는 별명을 가진 곳인 만큼 거센 바람이 부는 곳으로 유명하다. 거의 수직으로 깎아내린 절벽 위에서 바라보는 파노라마에 가슴이 확 트이는 느낌을 받는다. 카메하메하 1세가 하와이의 통일을 위해 오아후군에 승리를 거둔 마지막 격전지라고 한다. 뚜벅이는 걸어가다가 택시를 타고 이곳에 왔는데 돌아갈 때 걸어가다가 낭패를 당했다. 차도만 있고 인도는 없는 곳이 나왔다. 차를 몰고 지나가던 분들의 신고로 경찰차가 왔다. 짧은 영어지만 경위는 분명히 전달했다. 버스 정류장까지 경찰차를 타고 갔다. 부끄러웠지만 어쩔 수가 없었다. 걸어서 전망대에 가는 것은 절대 안된다.

젊은 청년이 펀치볼 분화구를 내려다보고 있다.
펀치볼 국립 태평양기념묘지에는 제1·2차 세계대전, 한국전, 베트남전 등
전쟁에서 목숨을 거둔 군인들의 유해가 안치되어 있다.

## 14. 알라와이 운하 Ala Wai Canal

엄청 키가 큰 야자나무들이 운하
를 따라 줄지어 서 있는 길을 산책하
면 복잡한 비치에서와는 다른 분위
기를 맛볼 수 있다. 알라와이 골프
코스(저렴한 이용 가격에 깜짝 놀랐
다.)부터 컨벤션 센터를 지나 요트
하버까지 연결된다.

운하에는 물결의 일렁임이 거의 없어
요트 경기를 하기에도 최적의 장소가 된다.

노을이 질 무렵, 운하의 물결 저 너머에 우뚝 솟은 컨벤션 센터의 건물이 보인다.

걷기와 달리기를 좋아하는 분이라면 아침, 저녁으로 운동하기에 최고의 장소이다.

## 15. 다이아몬드 헤드 기념비 주변 Diamond Head Monument Around

대부분의 사람은 트레킹(Crater Hike)을 위해서 이곳에 도착하게 되는데, 기념비 건너편 작은 주차장이 있는 이곳에는 다양한 선인장과 꽃(부겐베리아, 하이비스커스 등), 나무들이 있는 작은 정원도 있고, 건물 전체가 새하얀 작은 교회도 있다. 다이아몬드 헤드의 옆 부분을 보면서 그늘이 있는 잔디밭에서 느긋하게 쉴 수도 있는 호놀룰루의 숨은 명소라 할 수 있다.

푸른 초원과 다이아몬드 헤드의 아랫부분에 자리 잡은 작은 교회.
실제로 예배를 드리는지 무척 궁금했다.

전봇대 뒤, 오른쪽 빽빽이 집이 들어선 마을은 한반도 모양을 닮은 한국 지도 마을이다.

## 16. 호놀룰루 부두

Honolulu Pier

알로하 타워.

호놀룰루 부두는 알로하 타워(인기가 예전에 비해 조금 떨어졌다.)가 있고 바다에 나가 식사를 즐기며 호놀룰루 시내를 구경하는 크루즈가 있어 여전히 매력적인 곳이다. 타워 안에 커다란 벽시계가 눈에 띄는데 이 건물을 지을 때는 미국에서 가장 큰 시계였다고 한다. 맨 꼭대기 층에 전망대가 있는데 모든 방향으로 호놀룰루 시내를 바라볼 수 있다. 처음에는 등대 역할을 하다가 이제는 상업 지구(Aloha Tower Marketplace)로 이용되고 있다. 디너쇼 유람선 '스타 오브 호놀룰루(Star of Honolulu)'도 이곳 바로 옆에서 출발한다.

알로하 타워에 올라가서 내려다본 항구, 호놀룰루 시내, 뒤에 버티고 있는 산.

스타 오브 호놀룰루(Star of Honolulu)는 크루즈 선을 타고 일몰을 보며 저녁 식사도 하는 여행 프로그램(디너 크루즈)이다. 다양한 코스 요리와 함께 선상에서 훌라 공연까지 즐길 수 있다. 1스타, 3스타, 5스타가 있는데 경제 사정에 따라 선택하면 된다. 저녁 햇살에 화려하게 빛나는 와이키키의 건물들과 바다에서 보는 다이아몬드 헤드는 또 다른 멋진 광경을 보여 준다.

지는 햇빛에 건물들이 번쩍인다. 맨 왼쪽에 알로하 타워가 보인다.

콧수염 선장님과 한 컷!

식사 후 민속 공연을 보여 준다.

Hawaii

## Part 03

호놀룰루의
비치와 개성이
톡톡 튀는
외곽 지역
느껴 보기

# 1. 와이키키 비치 Waikiki Beach

　동쪽의 카피올라니 공원에서 서쪽 힐튼 하와이안 빌리지까지 약 3km 이상 되는 비치를 통틀어 '와이키키 비치'라고 부르는데 사실 이 안에는 구역을 나눈 각각의 이름이 있다. 서핑하는 마쿠아(Makua)와 킬라(Kila, 몽크 표범)의 동상이 있는 곳은 쿠히오, 듀크 카하나모쿠(Duke Kahanamoku) 동상이 있고 가장 붐비는 곳은 와이키키, 힐튼 리조트 앞에 펼쳐진 카하나모쿠와 포트 데루시(Port DeRussy) 등이다.

　쿠히오는 하와이 왕국의 왕손 이름을 딴 해변인데 바다 안쪽으로 37m 정도 들어가는 콘크리트 제방길이 있어서 '와이키키 월(Wikiki Wall)'이라고 부른다. 제방 안쪽의 물이 잔잔하게 되므로 노인들과 어린이들도 안전하고 재미있게 물놀이를 즐길 수 있다.

　비치를 쭉 따라가다 보면 파라솔의 색깔이 달라지는데 노랑과 빨강이 섞인 파라솔은 가게에서 빌려주는 파라솔이고 와이키키 선셋(일몰) 색깔을 따서 핑크빛으로 지은 로열 하와이안 호텔 앞에는 베이지색의 파라솔이 늘어서 있다.

　　포트 데루시 비치는 뒤쪽에 넓은 잔디밭과 그늘이 있고 피크닉 테이블도 마련되어 있어 휴식과 물놀이를 번갈아 할 수 있다. 미국 국방부가 관리하는 지역으로 공원 옆에는 미군을 위한 할레코아 호텔이 있다.

핑크 호텔로 불리는 로열 하와이안 호텔이 왼쪽에 보인다.

비치에 따라 설치한 파라솔의 색깔이 모두 달라서 파라솔을 살펴보는 것도 재밌다.

해가 지고 한참이 지나도 신비한 색깔의 잔치는 끝나지 않는다.

## 2. 힐튼 카하나모쿠 비치, 라군 Hilton Kahanamoku Beach, Lagoon

하얀색의 대형 파라솔과 거대한 반얀트리가 시원한 그늘을 만들어 주는 힐튼 호텔 야외 바.

'와이키키 비치' 중 힐튼 호텔에서 관리하는 곳으로('힐튼 빌리지 해변'으로 부르기도 한다.) 호텔에 숙박하지 않는 사람들도 수영장을 제외하고는 모두 사용할 수 있다. 힐튼 레인보우(무지개) 호텔을 중심으로 양쪽으로 힐튼 라군(인공 호수)과 비치가 있다. 라군은 수심이 낮고 물결이 잔잔해서 스노클링, 패들, 카약 등 각종 물놀이를 안전하고 즐겁게 할 수 있다.

힐튼 비치와 라군에는 짙은 녹색의 파라솔을 설치해 두었다.

# 3. 알라모아나 비치 Alamoana Beach

알라모아나 쇼핑 센터 앞에 있는 해변으로 관광객은 물론 현지 주민들에게도 사랑받는 해변이다. 안전한 물놀이가 가능하고 넓은 잔디밭과 나무 그늘이 많아 휴식과 바비큐를 즐길 수도 있다. 해변 근처에 넓은 공간이 많아서 콘서트, 축구 경기, 카누 대회가 열리기도 하고 생일잔치, 웨딩 사진 촬영 등 개인적인 이벤트도 많이 볼 수 있다.

모래사장 뒤편, 유리로 장식된 현대식 건물들이 즐비하게 서 있다.

지는 햇빛을 받아 호놀룰루 항구 뒤에 있는 건물들은 번쩍번쩍 빛이 난다.

## 4. 코 올리나 비치 리조트 Ko Olina Beach Resort

　오아후의 서쪽 끝에 도시처럼 자리 잡은 리조트이다. 랜드마크인 디즈니 리조트를 비롯한 여러 건물이 있고 힐튼 호텔 앞에 있는 블루 라군과 비슷한 인공 라군이 세 개나 있다. 얕고 잔잔한 물이 있어 어린아이부터 연세가 많은 분까지 안전하고 즐겁게 물놀이를 할 수 있는 평화로운 곳이다.

머리가 하얀 노부부가 커플 수영복을 입고 손을 꼭 잡은 채 바다로 향하고 있다.
너무 아름다운 모습에 부부가 물에 들어갈 때까지 눈길을 뗄 수 없었다.

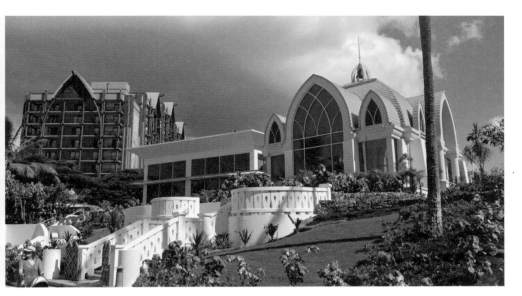

사진의 예배당은 예배를 위한 건물이 아니라 결혼식을 올리기 위해 지은 건물이다.

## 5. 쿠알로아 랜치 Kualoa Ranch

웅장한 코올라우(Koolau) 산맥이 병풍처럼 뒤에 서 있다. 열대 우림지대인 계곡과 산맥, 광활한 초원 지대를 경험하는 최적의 관광지이다. 과거에는 지위가 높은 원주민들만이 방문했던 곳이라고 한다. 멋진 경관으로 많은 광고와 영화가 촬영된 곳이고 다양한 투어 프로그램이 마련되어 있다.

맨 먼저 '할리우드 영화 촬영지 투어(Hollywood Movie Sites Tour)'에 참가했다. 바퀴가 엄청 큰 녹색의 셔틀버스를 타고 쿠알로아 랜치에서 촬영한 주요 영화 촬영지 및 소품을 관람하고 카아아와 밸리 위주로 랜치를 둘러보는 일정이다. 이곳은 다양한 영화와 광고 촬영지로 유명하다. <쥬라기 공원>, <진주만>, <고질라>, <쥬만지> 등 수많은 영화가 촬영되었다. 벙커에 들어가면 영화 포스터들과 소품들을 재미있게 볼 수 있고 밖으로 나와서 쥬라기 공원 조형물 앞에서 멋진 인생샷을 만들 수 있다.

진녹색의 트럭 뒤로 공룡 뼈를 닮은 산맥이 보인다.

벙커 안에는 각종 영화 포스터와 조형물들을 전시하고 있는데
너무나 많은 영화가 이곳에서 촬영되었다는 것을 알 수 있다.

땅을 파서 만들어 놓은 거대한 공룡의 발자국 모양.

이스터 섬도 아닌데 웬 모아이 상? 다큐멘터리 촬영 후에 조형물을 그대로 남겨 둔 것이다.

쿠알로아 랜치. 랜치는 목장이란 뜻이다.

아주 작게 보이는 중국인 모자 섬.

두 번째로 참가한 건 '정글 투어(Jungle Expedition Tour)'다. 녹색의 지프 트럭을 타고 밀림으로 들어갔다가 산으로 올라간다. 투어 초반에는 '중국인 모자 섬(China man's Hat, 정식 이름은 모콜리 섬이다.)'을 계속 볼 수 있다. 울퉁불퉁하고 거친 비포장의 숲길과 산길을 달리며 원시림을 체험한다. 쥬라기 월드의 정문과 추락한 비행기 소품도 나타난

다. 마지막에는 트럭에서 내려 10분 정도 산길을 걷는다. 발아래로 무비 사이트의 평원과 그 앞에 펼쳐진 바다와 섬들이 어울리는 경관이 최고다. 이 넓은 대지가 개인의 소유지라니 상상이 잘 안 된다. 랜치의 소유주 후손들은 먹고살 걱정은 하나도 하지 않아도 되겠다는 엉뚱한 생각을 했다.

산길을 달리면서 내려다본 중국인 모자 섬.

트럭에서 내려 얼마간 걸어 올라간 산등성이에서 내려다본 풍경이다.

　식당에서 제공하는 점심을 먹은 후에는 '시크릿 아일랜드 투어(Secret Island Beach Adventure)'에 참가했다. 쿠알로아 랜치의 프라이빗 비치에서는 가족, 친구들과 함께 해먹에 누워 편안한 휴식을 취할 수도 있고, 다양한 활동(카약, 카누, 스탠드업 패들, 비치 발리볼 배드민턴 등)을 즐길 수 있다. 유람선을 타고 바다로 나가 중국인 모자 섬과 쿠알로아 랜치 뒤에 우뚝 서 있는 거대한 산맥을 봐도 좋다.

　시크릿 아일랜드는 야자수, 야생 히비스커스 그리고 다른 오염되지 않은 자연에 둘러싸여 관광객들에게 500년 전으로 거슬러 올라간 역사적인 풍경을 보여 준다.

배를 탈 때마다 다른 가이드들이 나와서 설명을 해 주는 것도 특이했다.

사람들이 별로 없는 이곳에서 해수욕을 즐기거나 해먹에 올라가 잠을 자도 된다.

자갈이 거의 없는 보드라운 모래여서 맨발로 밟아 보니 예상대로 촉감이 아주 부드러웠다.

해먹과 요트가 있는
해수욕장에서 잠시 쉬다가
관광객들은 다시 배에 오른다.

요트와 야자, 나무에 걸린 해먹, 잔잔한 바다! 이곳이 파라다이스임이 분명하다.

# 6. 진주만 <sup>Pearl Harbor</sup>

포탄의 크기가 너무나도 커서 도대체 이 큰 포를 어떻게 공중으로 발사하는지 상상이 되지 않았다.
전쟁의 공포를 처음으로 간접 체험했다.

　예전에 진주조개를 채취하는 곳이었던 진주만은 호놀룰루에서 약 10km 떨어져 있는 곳인데, 1941년 2차 세계 대전 중 일본군이 진주만을 폭격하여 태평양전쟁의 시발이 된 곳이다. 이 공습으로 미국이 제2차 세계대전에 참전하게 되었고 일본의 항복으로 막을 내린다. 이곳에서 벌어진 처참했던 일을 기억하고 희생자들을 기리고자 박물관과 기념관이 마련되어 있다.

진주만 항공 우주 박물관(태평양 위를 날았던 여러 항공기를 볼 수 있는 곳), USS 애리조나 기념관(가장 많은 사상자가 발생한 선박), USS 보우핀 잠수함 박물관(바닷물 아래에서도 싸운 전쟁의 흔적), 전함 미주리호 기념관(맥아더 장군이 일본의 항복을 받아들여서 제2차 세계대전 종전을 최초로 맞은 곳) 등이다.

전함 미주리호 기념관. 긴 몸체와 우뚝 솟은 전파 탑 등이 여객선들과 확실하게 다르다.

USS 보우핀 잠수함 박물관.
저 큰 배가 모두 바다 밑에 잠겨 달리고 있다고 상상해 보라.

미주리호 기념관은 땅에서 배로 연결된 통로를 따라 입장하게 되고,
입장료가 필요하다.

USS 애리조나 기념관, 예전에는 저 안으로 들어가 볼 수 있었다고 한다.

# 7. 하나우마 베이 Hanauma Bay

발음하기 쉬워서 그렇게 됐는지 여행이 끝나고도 '하마우마 베이'라고 계속 잘못 불렀던 곳이다. 물이 맑아서 스노클링으로 제일 유명한 곳이다. '굽은 형상'이란 뜻을 가진 하나우마 베이는 원래 분화구였으나 침식 작용으로 한쪽 면으로 바닷물이 들어오면서 지금의 굽은 모양이 되었다. 옛날 화산 활동으로 생긴 지형이 바닷속에 잠기고 이곳에 산호초가 자라게 되면서 열대어들의 서식지로 변한 것이다. 때때로 바다거북을 볼 수 있다고 하니, 물놀이의 천국이라 하지 않을 수 없다.

부끄럽지만 사진을 찍어야 하고 트레킹도 해야 해서 스노클링을 하지 못했다. 사실, 물에서 노는 것을 그렇게 좋아하지 않는다.(아직 큰 매력을 느끼지 못했다.) 그래도 다른 분들에겐 하나우마 베이에서는 꼭 해야 한다고(아이들도 가능하다고) 말하고 싶다. 코코헤드에 올라 이곳을 바라봤더니 거대한 도마뱀이나 이구아나가 누워 있는 모습으로 보여 신기했다.

하나우마 베이를 감싸는 산에 주름이 있어 이구아나와 도마뱀의 모양을 떠올리게 된다

사람들이 엄청 많아 보이긴 하지만 시간대로 입장객을 제한하고 있어 걱정할 필요는 없다.

유의 사항을 들은 후, 물놀이 준비물을 챙겨
하나우마 베이로 향하는 관광객들.

하와이에는 야생 닭들이 많다.
집에서 풀어놓고 기르는 닭들과 다르다.
닭들이 스스로 살아가야 한다.
"왜 잡아먹지 않죠?"라고 묻는다면,
"하와이분들이 그렇게 하지 않으니까."라고 답을 하겠다.

## 8. 돌 파인애플 플랜테이션 Dole Pineapple Plantation

돌(Dole) 회사에서 운영하는 파인애플 농장이다. 왕관처럼 생긴 잎사귀 크라운(Crown)을 땅에 심은 후 18~21개월 후에 첫 수확을 할 수 있다. 미니 열차를 타고 농장을 견학할 수도 있고 '파인애플 가든 미로 투어(Pineapple Garden Maze)'에 참여해도 좋다. 미로 투어는 세계 최대 규모의 미로를 돌며 여덟 개의 지정 장소를 찾아 그림을 그리는 프로그램이다. 그냥 아이스크림이나 주스를 즐기면서 휴식을 취할 수도 있는 멋진 곳이다. 이 농장뿐만 아니라 길 건너의 거대한 밭에는 모두 파인애플이 자라고 있는데 흙이 완전히 붉은색이라 신기했다. 이 회사는 파인애플 조각을 캔으로, 즙을 짜서 음료수로 파는 것으로도 유명하다. 'Dole'이라는 빨간색 글자가 적힌 캔은 많이 보았을 것 같다.

넓은 농장을
기차를 타고 둘러보도록
기차역이 마련되어 있다.

도로 건너편 밭들도 모두 파인애플이 자라고 있다. 진한 붉은색을 띤 흙이 특별하다.

조형물 코코넛이 아니라
실제로 달린 코코넛
나무를 본 순간,
눈이 번쩍 뜨였다.

# 9. 폴리네시안 문화 센터 Polynesian Culture Center

하와이, 피지, 타히티, 사모아, 통가, 아오테아로아, 마르케사스 등 남태평양 일곱 개 부족의 문화를 소개하는 테마파크이다. 오후 2시 30분에 시작하는 '카누 쇼(각 부족이 카누 위에서 추는 전통춤)'가 볼만하다. 센터 내의 물을 따라 사공이 끄는 카누를 타 볼 수도 있다. 뷔페를 이용하거나 '하 쇼(Ha Show, 일곱 개 부족의 춤과 노래를 즐기는 쇼)'를 즐기기 위한 패키지가 있다.

몰몬교에서 설립한 대학교의 학생들이 공연에 참여하고 수입이 몰몬교에 들어간다고 들어서 처음엔 주저했다. 제발 종교가 믿음을 빙자해서 사람들을 미혹하거나 나쁜 길로 빠지게 하지 않았으면 좋겠다. 지금은 조용해졌으나 몰몬교도 평판이 좋지 않았던 때가 분명히 있었으니까.

에쿠아도르의 모아이를 세워 두었는데 나름 분위기가 괜찮다.

국가마다 다른 의상과 춤을 선보여서 구별하며 보는 것도 재미가 쏠쏠하다.

폴리네시안 문화 센터 입구 앞에 거대한 조각상과 인물상이 잘 어울린다.

# 10. 할로나 블로우 홀 전망대 *Halona Blow Hole Lookout*

하와이에는 바닷가에 있는 용암(현무암)의 구멍 사이로 바닷물이 분수처럼 솟구쳐 오르는 곳이 많은데 이를 '블로우 홀'이라 부른다. 고래가 숨구멍으로 물을 뿜는 모습과 닮았다고 이렇게 이름을 지은 것 같다. 물기둥은 최고 10m의 높이까지 솟구치기도 하지만 파도가 잔잔할 때는 못 볼 수도 있다.

*Part 04*

## 하와이 속의 유럽,
## 최고의 신혼여행지
## 마우이 느껴 보기

# 1. 이아오 밸리 Iao Valley

최상의 구름이라는 뜻을 가진 '이아오'는 뾰족한 산봉우리 아래로 구름이 드리워져 마치 구름보다 높은 곳에 있는 느낌이어서 지어진 이름이다. 비가 자주 내리고 안개도 자주 끼어서 습한 지역이다. 주차장에서 조금만 오르면 뾰족한 바늘을 닮은 봉우리 '이아오 니들(Needle of Iao)'을 볼 수 있다. 카메하메하 1세가 이 봉우리를 이용하여 마우이 군대를 물리친 곳이다.

버스를 타고 밸리로 가던 중 만난 멋진 벽화.

뾰족한 봉우리가 멋지게 보이지만 이 봉우리 아래 계곡에는 전쟁 당시 피가 많이 흘렀다.

## 2. 할레아칼라 국립공원

Haleakala National Park

　버스에서 내려 2,969m에 위치한 비지터 센터에 도착했다. 이곳에서는 추위를 피할 수도 있고 멋진 일출 광경도 볼 수 있다. 물안개가 자욱해서 30분 넘게 기다렸으나 끝내 분화구를 제대로 볼 수 없었다. 당일치기 패키지여행이라 눈앞에 보이는 푸우울라울라 전망대(3,055m)에도 올라가지 못하게 하고(시간 제약 때문이다.) 이곳에서도 멋진 광경을 보지 못해서 안타까웠다.

　'태양의 집'이라는 뜻을 가진 이곳은 여러 개의 분화구와 거대한 계곡으로 이루어져 있어서 장관을 이룬다. 화산 분화구의 이름이었으나 분화구가 너무나 많으니까, 이제는 산 전체를 부르는 이름이 되었다. 붉은

색과 보라색, 분홍색 등이 뒤섞인 이곳은 우리가 사는 지구에 '이런 곳도

있었나?'라고 말할 정도로 신기한 곳(관광청의 사진으로 아쉬움을 달

랬다.)이다.

전망대에서 이 화산 계곡을 바라보면
화성이나 다른 세계에 와 있는 기분이라는데?

## 3. 라하이나 타운 Lahaina Town

　한때 하와이 왕국의 수도이면서 포경 산업으로 전성기를 누렸던 고래잡이 마을이다. 현재는 알래스카에서 번식을 위해 찾아오는 고래를 관람하기 위한 출발 장소로 유명하다. '웨일러스 빌리지(Whalers Village)'라는 어마어마한 크기의 글자(이름)와 고래 그림이 마을 입구에 세워져 있다. 타운에 들어서면 전체가 갤러리의 느낌을 줄 정도로 각종 예술품 판매 가게가 많다. 미국에서 가장 크다는 반얀트리가 법원 청사 앞에 있는데 작은 블록 구역을 모두 덮고 있다.

고래 관찰 선박이 줄을 서서 대기하고 있는 선착장.

다육식물과 흡사한 바닷가에 자라는 식물.

반얀트리가 광장을 모두 덮어 그늘을 만들어 준다.

거대한 고래 조형물과 고래 마을이라는 글자가 입구를 장식하고 있다.
라하이나는 호놀룰루로 수도를 옮기기 전, 옛 하와이의 수도였다.

Part 05

신들의
정원이라 불리는
카우아이
느껴 보기

# 1. 카우아이 커피 컴퍼니 Kauai Coffee Company

처음에는 사탕수수 농장이었다고 하는데, 지금은 400만 그루의 커피 나무가 있는 커피농장으로 변했다. 빅 아일랜드의 코나 커피가 유명하나 하와이 최대 커피 농장은 이곳이다. 입구의 기념품 가게를 지나면 커피 박물관과 시음 공간이 마련되어 있다.

## 2. 스파우팅 혼 Spouting Horn

하와이의 바닷가에는 용암 구멍에서 물이 뿜어져 나오는 곳이 많다. 그중에서 이곳은 다른 어떤 곳보다 물줄기가 크고 강력하다. 바닷가 암석 사이에서 거대하게 솟구치는 물줄기를 볼 수 있는 곳이다. 바닷물이 용암 사이를 통과할 때 '푹! 쉬~' 하는 소리는 하와이 용의 울음소리라고 부른다. 바로 옆에 60m 이상 솟구치는 또 하나의 블로 홀이 있었는데 주민들이 너무 시끄럽고 사탕수수밭에 바닷물(소금 성분)이 튀어 들어온다고 바위를 부수었다고 한다.

오아후, 할로나 블로우 홀 전망대에서 놓친 용솟음을
이곳에서는 소리까지 확실하게 체험할 수 있었다.

# 3. 포이푸 비치 Poipu Beach

카우아이 최고의 휴양지로 해안 절벽을 따라 골프장, 유명 체인 호텔들이 즐비하다. 초승달 모양의 길고 넓은 모래사장과 얕은 수심, 잔잔한 물결, 수많은 열대어 등으로 해수욕, 스노클링 명소로 유명하다. 거기다 '몽크 씰(Monk Seal, 하와이 야생 물개)'과 거북 등이 자주 나타나서 관광객들이 많이 찾는다. 피크닉 시설과 샤워 시설까지 잘 갖추어 놓았다.

비치 뒤로 붉은 지붕의
유명 고급 호텔 건물들이
야자수에 덮여 있다.

몽크 씰은 쿨쿨! 햇빛은 반짝!

브레넥스 비치로 연결되는 부분엔 검은 바위들이 있어 아이들이 모래와 함께 놀기에 좋다.

## 4. 브레넥스 비치 Brennecke's Beach

포이푸 비치에서 300m 정도 떨어져 있는 비치다. 서핑은 안 되고 부기 보딩으로 인기를 얻고 있다. 포이푸 비치보다는 깊이가 있다. 멋진 나무 들이 파란 잔디밭과 함께 포이푸 비치로 연결되어 있다. 해수욕장 뒤에 는 카페와 레스토랑이 있어 물놀이 후에 간식을 먹기에도 좋다.

224

## 5. 히스토릭 하나페페 타운 Historic Hanapepe Town

산뜻한 색깔의 건물들이 예술적 감각을 뽐내는 작은 마을이다. 갤러리, 레스토랑, 소품 판매점이 줄지어 있다. 마을 한가운데 위치한 스윙 브릿지(Swing Bridge)는 하나페페 강을 가로지르는 나무로 된 다리다. 아주 살짝 움직이는데 태풍이 와도 끄떡없는 튼튼한 다리라고 한다.

짙은 녹색 바탕에 흰 테두리 선으로 표현한 마을의 주택들이 존재감을 자랑한다.

나무로 된 긴 다리를 지나면 초록색 건물의 갤러리가 있고 강을 따라 산책도 할 수 있다.

## 6. 와이메아 캐년 <sup>Waimea Canyon</sup>

　거대한 규모의 협곡이어서 곳곳에 전망대가 많다. '와이메아 캐년 전
망대(Waimea Canyon Lookout)'는 950m에 위치한, 코케에 주립공원
에서 가장 대표적인 전망대이다. 넓이 1.6km, 깊이 1.1km, 길이 22km의
협곡을 볼 수 있다. 암석에 철 성분이 많은 붉은 흙과 군데군데 자라는
나무의 푸르름이 멋지다. 작가 마크 트웨인이 이 협곡을 '태평양의 그랜
드 캐년'이라고 극찬했다. 켜켜이 쌓인 붉은 지층의 모습은 대단한 감동
을 준다. 아메리카 대륙의 그랜드 캐년이 웅장함으로 우리에게 감동을
준다면 와이메아 캐년은 아름다움으로 감동을 준다.

황량한 느낌이 강한 그랜드 캐년에 비해 와이메아 캐년은 풀과 나무들이 암석과 섞여서 따뜻한 느낌을 준다.

푸우 카 펠레 전망대(Pu'u Ka pele Lookout)로 올라왔다. 캐년의 와이포오(Waipo'o) 폭포(높이 240m)를 볼 수 있는 전망대이다. 수량이 적은 겨울철에는 제대로 볼 수 있고 여름에는 물이 말라 버린다고 하는데,

우리나라와는 반대여서 쉽게 이해가 되지 않았다. 폭포 근처 절벽까지
접근할 수 있는 길이 있다.

사진 왼쪽 위에
폭포가 작게 보이나
실제로 접근하면
결코 작은 폭포가
아닐 것이다.

카우아이에 다시 가게 된다면 폭포까지 걸어가는 트레킹을 하고 싶다.

# 7. 칼랄라우 전망대 Kalalau Lookout

산맥 아래로 주름진 선들이 보이는 것이 하와이 산맥의 매력이다.
쿠알로아 랜치에 이어 이곳에서도 그러한 모습을 확인할 수 있었다.

    밝은 블루의 바다와 나팔리 코스트의 칼랄라우 계곡을 바라볼 수 있는 멋진 전망대이다. 칼랄라우 계곡은 <쥬라기 공원> 등 많은 영화 촬영지로 유명한 곳이다. 하지만 이곳 전망대에서 계곡으로는 접근할 수 없고 북쪽에 있는 칼랄라우 트레일을 통해서만 가능하다. 하와이 원주민들은 칼랄라우 계곡에 신들이 모여 살면서 인간 세상을 다스린다고 믿었다. 칼랄라우 계곡은 강수량이 아주 많은 곳으로 나팔리 코스트에서 가장 큰 계곡이다.

Hawaii

## Part 06

가장 크고 웅장한
자연미가 있는 섬,
빅 아일랜드
느껴 보기

# 1. 코나 타운 <sup>Kona Town</sup>

　남쪽의 카일루아 코나에 있는 마을인데 알록달록한 색깔의 건물들이 예쁜 곳이다. 해안선을 따라 나지막한 건물들이 줄지어 있는데 잘 정돈된 무지갯빛 마을이 힘든 비행시간의 고생(이른 새벽에 탑승했다.)을 충분히 갚아 준다. 하와이 최초의 교회인 모쿠아이카우와 교회, 아후헤나 헤이아우(Ahuena Heiau, 카메하메하 1세가 노년을 보낸 초가집을 복원한 유적) 등을 볼 수 있다.

빅 아일랜드로 가는 비행기 차창에서 찍은 다이아몬드 헤드와 호놀룰루 지역.

마을 뒤쪽에 긴 산등성이를
병풍처럼 두르고 있는
코나 타운.

아후헤나 헤이아우 유적이 건너편에 보인다.

# 2. 하와이 볼케이노 국립공원

Hawai'i Volcano National Park

 킬라우에아 화산이 있는 지역이
다. 살아 있는 화산을 경험하는 곳
으로 빅 아일랜드의 랜드마크에 해
당한다. 공원 입구에 들어서면 방문
자 센터가 있고 크레이터 림 드라이
브(Crator Rim Drive, 킬라우에아
칼데라의 가장자리 트레일) 지역을
걷게 된다. 화산 연기가 솟아오르는
모습을 많이 볼 수 있는데 유황 가
스가 심한 곳은 길을 막아 놓았다.

유황 냄새가 제법 강해서
가끔 손수건으로 입을 막고 다니기도 했다.

붉은 마그마가 땅으로 분출되어 빙글빙글 흘러내린 모습을 용암을 보고 충분히 알 수 있다.

## 3. 아카카 폭포 주립공원 Akaka Falls State Park

나무가 울창한 이곳은 밀림지대를 떠올리게 한다. 밀림 속을 통과하는 작은 길(루프형)을 따라가면 전망대가 나오고 130m에 달하는 아카카 폭포를 볼 수 있다. 근처에 카후나 폭포(30m)가 있다고 하는데 짧은 길을 걸어서 보지 못했다. 아카카 폭포에 비해서 규모나 아름다움에 비할 수 없다고 한다. 그래서 주립공원 이름에 아카카(갈라지다, 나눠지다라는 뜻이다.)만 넣은 것 같다. 두 폭포를 보기 위해서 이 공원을 한 바퀴 돌아야 하는데 어마어마한 높이의 밀림을 통과하는 느낌이 좋다.

좁은 길 양옆으로 열대 식물들이 밀집하고 있어 원시 세계로 들어가는 기분이 든다.

짧은 코스를 걸어서인지 카후나 폭포는 보지 못했다.

4. 카할루우 비치  Kahalu'u Beach

마을에서 얼마 떨어지지 않는 곳에 이런 멋진 해변이 있다니!

    코나 타운 가까운 곳에 자리 잡은 이 해변은 '빅 아일랜드 빅3 스노클
링 스팟'이라고 한다. 무료 주차장, 샤워대, 화장실, 구조 본부가 갖춰져
있고 스노클링 장비 렌털 숍, 푸드 트럭까지 있어서 불편함이 거의 없다.
게다가 검은 모래까지 특별함을 더한다. 수심이 낮아 눈을 뜨고 스노클
링을 할 수 있고, 바다거북도 자주 나타나며 열대어 종류도 제법 많다.

해양 생물 보존을 알리는 안내판.

푸드 트럭까지 갖춘 마을에서 가까운 비치.

# 5. 푸날루우까지의 드라이브

    화산 국립공원을 체험한 후 푸날루우로 가는 드라이브 길은 '천국으로 가는 길'로 불려야 할 것 같다. 용암이 굳은 대지에 자라는 가녀린 풀만 있는 풍경, 도로 양쪽으로 언덕 같은 산이 있고 딥 블루의 바다가 펼쳐지는 길은 고민을 모두 날려 버리게 하는 풍광이었다. 한참을 가야 집들이 겨우 나오는, 오롯이 자연과 만나는 드라이브 길이다.

도넛이 좋았던 베이커리 가게.

나무가 없는 구릉지대를 옆에 끼고 달린다.

검은 모래가 햇빛의 방향에 따라 초록색을 띠기도 해서 신기했다.

## 6. 푸날루우 블랙 샌드 비치 파크

Punalu'u Black Sand Park

밝은 빛이 있을 때 살짝 초록빛을 내는 검은 모래를 가진 해변이다. 바다에 접한 용암들이 물과 바람에 침식되어 까만 모래가 된 것이다. 일광욕을 위해 해변으로 나온 거북이를 볼 수 있는 곳이라 인기가 많다. 뒤편에는 키 큰 야자가 줄지어 있고 못에는 연꽃이 피어 있다. 좀처럼 볼 수 없는 특별한 비치이다.

검은 모래와 작은 용암들이 만들어 내는 해변은 독특한 아름다움을 보여 준다.

연꽃은 바닷물에서는 자라지 못하는 법, 해변에 접해 민물 못이 있다는 것이 특별했다.

# 7. 카우 커피밀 Kaw Coffee Mill

　하와이 커피라고 하면 하와이에
다녀오지 않은 분도 '코나 커피'라
고 말한다. 코나는 섬의 서쪽에 있
고 카우는 섬의 남쪽에 위치한다.
요즘은 '카우 커피'도 상당한 각광
을 받고 있다. 이 커피 농장은 화산
국립공원과 푸날루우 블랙 샌드 비
치 사이에 있다. 하얀 커피 꽃과 익
은 열매를 직접 볼 수 있고 맛있는
커피를 마시고 제품을 살 수 있다.
Estate Grown Coffee(한 농장에서 커피 재배에서부터 제품 생산까지
모두를 담당한 커피)이니 여러 농장의 커피 빈이 섞인 것과는 분명한 차
별이 있을 것이다. 향 커피나 10% 커피는 전혀 없고 오로지 최상의 제품
들을 판매하고 있다.

# 하와이를 사랑하는 이유

하와이를 좋아해서 네 번이나 다녀왔다. 첫 방문을 제외하고는 갈 때마다 최소 10일 이상을 머물렀다. 하와이에 빠진 이유는 무엇이었을까? 와이키키의 넓은 해변 때문이었나? 알라모아나 쇼핑 센터를 비롯한 쇼핑의 천국이어서? 각종 액티비티를 즐길 수 있어서? 물론 이런 것들이 어느 정도의 이유에는 들어갈 수 있을 것이다. 하지만 늘 기대하며 가려고 애썼던 이유는 깨끗한 자연이었다.

아침에 일어나서 늘 제일 먼저 하는 일은 커튼을 열고 하늘을 쳐다보는 것이다. 미세먼지로 뿌연 하늘을 보면 "오늘은 어떻게 견디지?"라고 걱정부터 한다. 차를 몰고 국내 여행을 떠날 때도 비 예보와 함께 반드

시 '전국 미세먼지 현황'을 빠뜨리지 않는다. 어쩌면 비보다 미세먼지를 더 두려워하고 싫어한다고 해야 맞을 것이다. 하와이는 '미세먼지'라는 말조차 없는 곳이 아닐까?

30대 중반, 일본에서 잠깐 공부하던 기간에 3박 4일로 하와이에 가서 푸른 하늘에 마음을 완전히 빼앗기고 말았다. '한국의 가을 하늘'을 여기는 거의 매일 볼 수 있는 곳이었다. '아! 이래서 다들 하와이, 하와이라고 불렀던가?' 그 후로 늘 언제 다시 하와이에 갈 수 있을지를 기대했다. 그리고 드디어 50대가 되어 갈 기회가 생기게 되었고 겨울이 되면 따뜻한 하와이로 날아갔다.

일본을 제외하고 자유 여행으로 다녀 본 곳은 하와이가 유일하다. 겁도 많고 휴대폰 로밍을 한 번도 해 본 적이 없는 '패키지파' 여행자이다. 차를 렌트하려고 국제면허증을 가지고 갔으나 도저히 자신이 없어서 포기하고, 끙끙거리며 검색하여 버스로 하와이를 누빈 뚜벅이였다.

The Bus(하와이의 버스를 이렇게 부른다.)를 이용하거나 걸어서 오아후의 섬들을 구경하고 현지 여행사의 도움으로 이웃 섬 여행을 즐길 수 있었다. 버스에서 내려 트레킹 입구를 찾아갈 때면 두려움보다 기대로 가슴이 마구 뛰었다. 코코헤드, 마카푸우 포인트에 올랐을 때는 육체적으로 힘든 것이 별로 없었는데도 기쁨의 눈물이 나왔다. '어리숙한 내가 자유 여행으로 하와이의 산에 홀로 오르다니!' 지금도 44일간의 남미 여행과 하와이의 트레킹이 여행 자부심이고 자랑거리로 대화의 장에 오른다.

바쁜 일정으로 호놀룰루만 잠깐 보고 오신 분들이나 하와이 여행을 계획하고 계신 분들이 있다면 두 개 정도의 트레킹과 이웃 섬 여행은 빠뜨리지 말고 하기를 바란다. 사실, 이웃 섬 여행도 왕복 비행기를 이용한 당일치기 여행이어서 아쉬움이 많다. 다음에는 이웃 섬에 가서 섬마다 최소한 2박 3일 정도의 여행을 하고 싶다.

마지막으로 이웃 섬 여행을 할 여유가 없다면, 하와이의 미술관과 박물관에 꼭 가 보시라고 권한다.

루브르, 오르세, 바티칸, 대영 박물관 등도 가 봤지만. 하와이의 미술관과 박물관은 이들과 구별되는 특별함을 맛볼 수 있다. 적당한 관람 시간, 북적임이 없어 조용하게 느껴 볼 수 있는 공간, 품격 높은 작품들(르네상스에서 현대 예술까지)과 하와이 전통 예술까지 아쉬움 없는 방문이 될 것을 확신한다.